Pierres sauvages

5-7, rue de l'École-Polytechnique
75005 Paris – France

L'Harmattan, Italia s.r.l.
Via Bava 37
10124 Torino
L'Harmattan Hongrie
Hargita u. 3
1026 Budapest

ISBN : 2-7475-8848-3

EAN : 9782747588485

Claudine BERTRAND

Pierres sauvages

Préface de Jean-Pierre FAYE

L'Harmattan

DU MÊME AUTEUR

IDOLE ERRANTE, Éditions Lèvres Urbaines, 1983
MEMORY, La Nouvelle Barre du Jour, 1985
FICTION-NUIT, Éditions Le Noroît, 1987
LA DERNIÈRE FEMME, éditions Le Noroît, 1991, 2e édition bilingue tchèque et française, traduction de Jana Boxberger, Prague, Protis, 2000.
LA PASSION AU FÉMININ, avec Josée Bonneville, XYZ Éditeur, 1994
UNE MAIN CONTRE LE DÉLIRE, Le Noroît/Erti éditeur, 1995
L'AMOUREUSE INTÉRIEURE, suivi de La Montagne sacrée, Le Noroît/Le Dé bleu, 1997 (prix de la Société des Écrivains canadiens), 2e édition traduite en catalan par Anna Montero, Barcelone, Tandem Edicions, 2002.
LITURGIE DU CORPS, Éditions Æncrages & Co, 1998
À 2000 ANNÉES-LUMIÈRES D'ICI, Lanctôt éditeur, 1999
LE QUÉBEC DES POÈTES, une anthologie de poésie québécoise et française, Éditions Trait d'union, 2000.
LE CORPS EN TÊTE, l'Atelier des Brisants, 2001 (prix international de poésie Tristan Tzara).
L'ÉNIGME DU FUTUR, Protis/Les Îles en feuilles, 2001 (prix Saint-Denys-Garneau).
LA FRANCE DES POÈTES, une anthologie de poésie québécoise et française, Éditions Trait d'union, 2002.
JARDIN DES VERTIGES, l'Hexagone, 2002
NOUVELLES ÉPIPHANIES. Langue sur langue, avec Zéno Bianu, coll. « Vis-à-vis », Éditions Trait d'union/Autres Temps, 2003
CHUTE DE VOYELLES, coll. « Vis-à-vis », Éditions Trait d'union/Autres Temps, 2004

À Andrée et Gérard Appercelle
au Village de Saint-Guillaume

À Jean-Pierre

Préface
de Jean-Pierre Faye

Lire Claudine Bertrand

Il faudrait dire tout l'œuvre de Claudine Bertrand –

La dernière femme...
Une main contre le délire...
Le corps en tête...

disons un dizain d'œuvre, où chaque volume est une nouvelle ligne de langage mise à terre par une force peu commune.

Je dirai *Les pierres sauvages* comme une promenade en forêt, où

Certaines pierres
repoussent la douleur

même si

je ne note rien

dans le parcours de tous ses livres,

mais je noterai l'averse de langue, la renverse de strophe qui fait non au sens, et qui atteint alors un point crucial de cœur, un point d'année, de corps, de charnière des lèvres, de semence, de cuisses et de cri, où temps et durée se mettent gorge à l'envers.

Car hanches et roches se rencontrent dans la même matière différente au cours des poèmes. Ils se lisent comme l'histoire même, c'est ça le poème en Claudie B qui est la sauvagine en toute chose, analyse n'a guère prise dans ces rasades d'être toujours basculées.

Celles-ci fuient la chambre nuptiale
ainsi que le réel bandé

Ainsi, chaque vers pousse par-dessus bord la suite, imprévue, et musicalement l'invente comme on ouvre le sol.

Comment lire et dire Claudine Bertrand – disons : entre Gaston Miron et Tristan Tzara ? De l'un, ce serait un goût des choses, une apostrophe mais qui serait amenée à des retouches minimales et captivantes dans la sensation des choses, chaque fois recousues en travers. De l'autre ? Une véhémence (assourdie) de l'inversion du monde.

Mais laissons les noms –

et allons au vers, qui agit par des leviers légers, actionnés à une profondeur belle et transparente, aussitôt brouillée, par séismes, moléculaires ou microphysiques.

On les reconnaît chaque fois comme *elle*, inaccoutumée.

*

Mais il s'agit des poèmes d'une femme du Québec, par qui s'invente ainsi dans son espace une langue de poésie comme il n'en est pas d'autre. Faite de touches, d'allure simple, chacune en surprise, et le toucher de cette langue prise en nouvelle comme on va en cavale, ressemble à un paradoxal proverbe ou sentence dangereuse,

j'entends des clous secouer
les planches de la porte

Et voici que ce sont là des sons atteints avec la peau des doigts, car

charnelle est la pluie
elle s'installe

Les liens se rompent, et il s'avère que le remplacement de chacun est agi par renversement de vers qui se fait ici de fragment strophique à fragment survenu, comme tombé d'ailleurs.

Une poétique au son ironique et tendre, tenace, violemment intranquille, en flamme fraîche, coupante, surgit à notre très nouvelle surprise,

on voit ses mains
rongées par le paysage

Jean-Pierre Faye

Pierres Fantasmes du Grand Sculpteur
Que l'homme se plaît à invoquer
Ou à chasser
Vous serez encore là
Quand le sens aura disparu

Sylvestre Clancier

Patrie des pierres
on enterre les vivants

Un homme
chaque jour
dépose une pensée
quelques mots
sur un tombeau inconnu

Quand l'air tranche la gorge
se taisent ses mots

Certaines pierres
renaissent
et repoussent la douleur

Tout peut tenir en ces paroles

Une pluie chaude
tambourine à la fenêtre
regarde la maisonnée
au repos

Écrire avec cette averse
qui glisse sur la peau
et sur la langue

Je ne note rien

Les murs se resserrent sur les morts
combien de portes se sont refermées
à la pluie battante
contre le déplacement de l'ombre

Des rochers parmi d'autres
ont le vent dans les voiles

Je ramasse un caillou
le contemple
j'oublie les années
qui me séparent de lui

Le vers dans l'œil
jongle avec un compas

Matin midi soir
chante un coq

Celui-ci reconnaît son maître
l'embrasse à cou rompre
à ses pieds la nature frémissante

Ce coq a tout pour émouvoir
mieux qu'un homme

Mes cuisses abandonnent
les plus hauts cris
à la terre

Comment ne pas songer à la mort

Mise au sommeil de l'aurore
rageuse
je marche à contre-vent

L'ombre roulait mon ombre
d'un même pas incertain

Un large puits
faisait vaciller les heures
qui invariablement font
des cercles dans l'eau

Personne ne parle
de la chute

Un muret de pierres
apprend à se tenir debout

Orage de caresses
c'était il y a bien longtemps

Cela était

Les loups dans la bergerie
déposent leurs morts
avec l'ordinaire des mots :
langues de vipère

Les passants perdent la tête
sous le dôme des parapluies
nous aimions cette pluie

Le chien à la lèvre me mordille
l'ortie me brûle la jambe

Initiation de fille du pays
comme accueil au village
toutes les langues ont dévoilé
leurs racines chercheuses

Sous les pas du silence
rien ne se déplace
sans lumière

La pluie joue sur les visages
et boit le mien
se mêlant à la douleur mienne

Ne t'adresse qu'au plus intime
qui a plus soif que toi

Les seins en désirance
adhèrent aux pierres
avant de regagner la ville

Le temps à venir
s'éveillera-t-il
aux nuits
autrefois bordées d'images

À l'ombre des cils
un mot à la fenêtre
éclaire le paysage

À la moindre palpitation
tu y puises ton ardeur

À travers la meurtrière
la lune
fait danser les tours

Froissée
elle brûle
tes yeux

Lorsque tu sommeilles
gémissent
tes lèvres

Pillée d'épines
l'âme attablée
a besoin de silence

Quand le vin
sera ma seule raison
j'aurai la chair
piquée dans la tête

Quand une bouche d'amour
donnera un sens au vent
j'aurai la langue poétique

Les chagrins se perdent
d'écho en écho
d'aiguille en aiguille

Je voudrais coudre le ciel
à mes jambes

Quelqu'un le prend
de ses mains de flammes

Et referme les carnets d'écriture

Comment dire ce qui surgit
à jamais insaisi

Fille fauve
drapée dans le sommeil
renverse le lit

Et remarque l'homme

L'œil vif
touche les boutures
mais sa soif demeure

Quel mal l'étreint

L'horizon se dilate

Pour l'anniversaire de l'aube
une fenêtre ouvre le désir
permet tous les envols
et replace l'image
dans le livre d'images

Chambre close
où boivent les chimères
point de non-retour
autour du coq
qui hante la nuit

La lumière bouge
sur les bougies

Des moustiques
dévorent sa cheville

Secret mis à jour

Sommeil après sommeil
j'entends les clous secouer
les planches de la porte

Pierres et peaux endormies
enfantent de nouveaux signes

Les mots n'ont pas franchi le pont
ni les bouches

Histoire sans frontière
soulève paupière du monde

Elle avance
à jamais déboutée

Le ciel à mes ordres
disperse mes armes
j'ai perdu la clé
des mots

À chacun son outil
pour cueillir la présence

Une main audacieuse
arrête le souci et ses rides
pour inscrire un doux souvenir
dans le granite

La terre appelle la terre
se heurte aux murs

Près du tremblement des feuilles
des mots s'abandonnent
à qui n'a pas d'oreille

Des yeux qui ne voient pas
-c'est douleur-
comme tempête qui surprend le soir
de ses orages sporadiques

Il y a des poignées de sable et de sang
dans des sentiers
les unes aux autres enchaînées

Des cailloux pour mains frauduleuses

Décideront pour nous
du hasard

Les mots d'hier à l'abri
et les pas de l'homme
résonnent dans la caverne intime

Il n'est plus de pierre aimante
pour émouvoir le sexe

Des riens griffés au miroir
dernières traces du poète
devant un monde décapité

Le marbre peut-il capter
le dit du poème

Le vent chahute
et gonfle ma voix

Un reste de pluie
une syntaxe à la dérive
je n'ai pas le regret des choses

La pierre que nul n'a consultée
à l'heure de l'horloge
avance seule

Il ne s'agit plus d'abandon
quand je reconnais le jour
au flanc de ta poitrine

La tête pleine de roches
les hanches de lumière
en fille inassouvie
tu avales le sang du soleil

Homme de fumée
tu dissèques l'impossible
en fragiles vapeurs

Rasades de vin
dans des bouches affamées

Le silence
comme un habit
défait ses plis

Quand il passe
nos tourments
un à un
s'y accrochent

Je rêve
de faire éclater
l'aorte de la pierre

Des jeunes poignardés
- orage et déraison -
ont couché la mort dans leurs lits
que je regarde

Éperdue

Quelques verbes
resteront dans les creux accidentés
du fond des gorges

Chaque être devant l'autre n'est rien

Voyageur debout
c'est vers loin
que tu marches

Des pierres tombales soupirent
soufflent en péril

Le front du jour
trace sa ligne
à mes paupières

Un ciel au-dessous des arbres
fait naître la lumière

Des chants de coqs
éveillent les villageois

Malgré leurs plaintes
ils s'égosillent
se moquent de tout un chacun

Un sentier obstiné
appelle dans sa fosse

L’âme en désinvolture

Désenroulée
elle amorce
sa chute
sens dessus dessous

L'enfance retrouvée
se mesure à cette urne
tombeau inachevé

Je meurs
au pays qui m'aura inspiré

Je vis ma mort
à la pointe du vivre

La pierre traverse les murs
retrouve une mémoire
comme nos silences

Il n'a pas plu
depuis si longtemps

L'eau ne coule plus
dans nos veines

Comment éloigner la sécheresse

Qui envahit le poème

Sur le chemin du retour
bruits et vents
soudain se sont froissés

Avant de livrer à la montagne du Vercors
qui crache ses verts bleutés et ses ocres
un été parfait

Devant la fuite du paysage
hésite le regard
rien n'est encore terminé…

Montagne d'abandons
elle s'échappe de la toile
pour nous offrir l'égarement

Se nourrir de bon vin
autant que de silence

Le rire mouille
la bouche
et fait pencher la terre
vers le centre de soi

Nos bras s'étreignent
pour allonger l'ivresse

Le temps s'écoule lentement
tisse un nid

Il catapulte ses grains
avant d'étirer l'ombre
jusqu'au jour

De sombres murmures
vacillent et dérobent
l'œil à l'oubli

L'aube
déchire son hymen

Tu dresses le cou
brutalement

À peine si ton rêve bouge

Attente forcée du matin
comme des oiseaux en laisse

L'homme qui vit dans les lointains
te provoque confusément

Confrontée à l'absence
tu survis à peine

Tu retournes au quotidien…

Le vent parfois porte sa voix
charrie un désordre
auquel nul n'échappe

Ce que pense le monde
la pierre le sait
mais se tait

La pierre n'est jamais la même
mais pour qui regarde de près
reconnaît que c'est la même

Ses formes se devinent mieux
quand nous l'approchons
sa texture nous apprend
un soupçon d'éternité

Qui n'a pas aimé les pierres

N'a pas aimé

Celles-ci en sursaut
de douleur
fuient la chambre
nuptiale
ainsi que le réel bandé
comme un arc

Plus de portes
ni de fenêtres

Je n'habite plus les demeures
qui me dépossèdent

Surprise
à lécher la pierre
pour étancher la soif

Derrière des barreaux
se touchent des lèvres

La pierre crève les yeux des miroirs

Je ne vois plus la pluie
chaque mot l'étreint
tel le dévolu de son ombre

Pour l'étrangère
nul endroit
où déposer son nom

Les nids abandonnés
par la guerre
détournent le printemps

Ce qui était n'est plus
ce qui est à venir n'est pas
ce qui est n'est pas encore tracé

Au lieu du sommeil
chaque nuit grignote un souvenir
et fait naufrage

La passion
une courte phrase
qui hurle toute une vie

Combien d'années
pour briser sa coquille

Le vacarme ne te parvient plus
tu cherches la sortie

Tu ne sais si tu dois dévoiler
quelques bribes
tu te glisses au milieu des draps
avec les larmes des autres

Tu implores la nuit
de cacher tes yeux
pour mieux voir

Quand la lumière chancelle
l'existence s'écrit mieux

Le poète condamné
promène sa carapace
arrache son manteau de colère

Les battements du cosmos
remuent dans tes veines
et te conduisent vers la mort

Il faut beaucoup de chaos
en soi pour accoucher
d'une étoile qui danse

Nietzsche

Le rocher
veille dans la pénombre
secrètement

T'atteindra-t-il

Plus rien ne résonne

Tu disparais au bout du quai
avec l'échancrure du passé
tapissé sur la peau

Même le lierre chasse la pierre

À la fenêtre
paraît une femme
on voit ses mains
rongées par le paysage

Dans le village
où de courts séjours se succédaient
j'ai découvert un fermier
amoureux fou d'un coq

Dès quatre heures du matin
son chant sur les toits
fait valser la langue des étoiles

Insaisissable voyageur
quel passage empruntes-tu
lequel fuis-tu

Tu ne sais qui
de l'oiseau ou de la cage
aimer

Belle bête clandestine
en eaux troubles
entre passerelles de fiction
et blocs de réalité

L'homme qui lace les courroies
des sandales
avec les doigts de l'évasion
se fraye un chemin
bien plus haut

On entend le désir des pierres
elles érigent des murs
pour ne pas être débusquées

La pierre respire
au moindre craquement

À ses spasmes
tu chausses des pensées libres
pour apercevoir les sommets

Elle se fend la tête
pour rompre la nuit
que nous écoutons

Lorsqu'elle se déhanche
notre rêve est en elle

À la nouvelle lune
elle se noue aux quatre vents

Et au premier jour
et à qui referme le jour

Charnelle est la pluie
à demeure elle s'installe
et fait vibrer la pierre

Plus de cathédrale
ni de tabernacle à t'offrir

Plus de poètes au bout du poème
plus de poèmes au bout des voyelles

Revient en sifflant
la pluie
qui meurt en nous

Froisse notre existence
sur les épaules

J'ai les mains remplies
de rivières
de forêts noyées
d'arbres hantés

Les pierres se gorgent de pluie
retrouvent leur insolence
donnent chair aux habitations

La feuille tombe avec les mots
comme une réalité
en fin de partie

Une maison sans toit
un puits sans eau
découragent tout bonheur

Un bûcher seule demeure
tant de jours tant de nuits
pour tout déraciner

Idoles rongées
par l'adage
reines de pacotille
de quelles arcades avaient-elles surgi

À bout de mots
à bout de souffle
le débit s'accélère
se dérègle
se désarticule
comme un clown tragique
qui hésite entre jour et sommeil

Qui se souviendra
de ses râles
de ses vérités tronquées

Sur des haillons
de pierre
elle aura appris à se lever

Et à marcher
telle une vivante

Poètes des Cinq Continents

Collection dirigée par Geneviève Clancy, Emmanuelle Moysan, Mithridad Pourmir et Chekib Abdessalam

La collection *Poètes des Cinq Continents* non seulement révèle les voix prometteuses de jeunes poètes mais atteste de la présence de poètes qui feront sans doute date dans la poésie francophone. Cette collection dévoile un espace d'ouverture où tant la pluralité que la qualité du traitement de la langue prennent place. Elle publie une quarantaine de titres par an.

Déjà parus

404 – Giovanni RUGGIERO, *Vides*, 2005.
403 – Adnan MOHSEN, *Du même acabit*, 2005.
402 – Hoai Huong NGUYEN, *Parfums,* 2005.
401 – Claude FRIOUX (texte établi par), *Vie et oeuvre de Youri Solntsev II*, 2005.
400 – Claude FRIOUX (texte établi par), *Vie et oeuvre de Youri Solntsev I*, 2005.
399 – Simone KADI, *Christopher Brennan,* 2005.
398– Idris Youssouf ELMI, *Cure de paroles aux miens puînés*, 2004.
397 – Shaher KHADRA, *Poèmes choisis*, 2005.
396 – Michel Khalil HELAYEL, *Un homme chaque jour,* 2004.
395 – Isild DARRAS, *Inspirations chinoises*, 2004.
394 – Gian Carlo PIZZI, *Jusqu'à l'ultime septembre*, 2004.
393 – Youssef HADDAD, *Exorcismes*, 2004.
392 – M. D. COTTE, *Enracinés dans la lumière*, 2004.
391 – Paul Henri LERSEN, *Tanagra*, 2004.
390 – Cristina CASTELLO, *Soif*, 2004.
389 – Jacques GUIGOU, *Vents indivisant*, 2004.
388 – Julio TORRES-RECINOS, *Creuset du temps, Nous autres*, 2004.
387 – William SOUNY, *Somal*, 2004.
386 – Michel BRUNEAU, *Comme des peluches braquées*, 2004
385 – Monique DEMART, *Remuements de l'ombre*, 2004.

Poètes des cinq continents
à l'Harmattan

CHAQUE JOUR L'ESPÉRANCE

Tanella BONI. Préface de Souleymane Bachir DIAGNE

« Défendre la vie contre la mort ambiante, voilà tout le propos de Tanella Boni. Dire pour chaque jour l'espérance qu'il porte. Car écrire contre l'horreur n'est pas poursuivre indéfiniment la tentative de dire le désastre innommable. C'est chanter la force de vivre et d'espérer. Cette manière de voir est celle de Tanella Boni, poète et philosophe qui, à la négation qu'est le refus de la mort, préfère l'affirmation de la force de vivre et d'aimer . »

(Coll. Poètes des cinq continents, 13,75€, 160p) *ISBN 2-7475-1803-5*

ÉTREINTES CREUSES

Youssef OUAHBOUM

Qu'est-ce qu'un poème sinon cette émerveillée rencontre de la région chaque fois la plus inexplorée de soi, cette découverte à la fois jouissive et tourmentée de la nudité du peu de temps et de chose que nous sommes ? Ecrire me renvoie vers les avenues et les secondes qu'est mon existence, invisibles à mes yeux dans l'acte d'exister.

(Coll. Poètes des cinq continents, 9,50€, 64p) *ISBN 2-7475-1463-3*

AVEC DES PINCEAUX DE SANG

Xavier ABERT

Des mots sculptés de silence, peints avec le vide, avec le rien (...) et toi, présence au sein du vide, bienveillance au cœur même de l'abîme. Expiration, inspiration, souffle intime et proche, là où il n'y a plus rien il y a tout.

(Coll. Poètes des cinq continents, 12.20€, 144p) *ISBN 2-7475-2250-4*

CHANTS DE BRUME

Kama Sywor KAMANDA

« L'Afrique rêvée et l'Afrique réelle se côtoient constamment dans le livre de Kama Sywor Kamanda, « Chants de brume ». En lui, ses racines. En lui, son sentiment profond d'être chantre. Et à travers un lyrisme très large qui balaie les pages, ce poète avoue sa liberté, son identité, celle d'un homme noir qui sent vivre en lui ses sœurs et ses frères noirs. Il s'agit donc avant tout d'une exaltation de son peuple, de ses fièvres, de ses drames, de ses joies. Chant souterrain qui psalmodie, chant aérien qui troue l'air et qui appelle l'air des autres continents. » Jacques Izoard.

(Coll. Poètes des cinq continents, 15€, 180p) *ISBN 2-7475-2493-0*

LE SANG DES SOLITUDES

Kama Sywor KAMANDA

La voix poétique, forte et lyrique de Kama Sywor Kamanda dont le chant s'organise ici ,est un chant universel, continue et comme unique. Chant multimillénaire qui a pris

naissance à cette époque reculée où, au cœur du berceau de l'humanité, dans cette Afrique luxuriante, secrète, mystérieuse où l'homme s'est inventé une cosmogonie où siègent des dieux impavides et a rendu grâce à cet arbre magique qui relie la terre des ancêtres du cosmos.
(coll.Poètes des cinq continents, 13 €) *ISBN 2-7475-2586-4*

LE NOUVEL ORBE
Vincent DAENEN
Le poème est un cri, c'est bien simple, et un cri, ça ne se murmure pas avec du trémolo joli et du mou plein la glotte. La poésie doit être criée parce que l'oreille est l'œil de l'aveugle. Alors, qu'elle éclate ! Qu'elle pèse comme une seconde peau ! Qu'elle crève le vent et ses insectes ! Tellement que l'air devienne l'ardoise, la bible du pauvre.
(Coll Poètes des Cinq Continents, 11.50€, 106p) *ISBN 2-7475-2627-5*

PASCALIE. Journal d'un errant.
Kasereka Ka MWENGE
Comme s'il se substituait à Dieu, le poète, marqué certes par la tragédie humaine qui sévit en Afrique Centrale, essaie de recréer un monde au-delà de toutes frontières. D'où la re-visitation de certains grands mythes culturels pour les situer dans une dynamique nouvelle dont le sommet sera la transfiguration de l'ancien triangle de la déshumanisation en un triangle de l'amour. Expression d'une errance intérieure, ces textes jalonnent un parcours qui va du Congo-Kinshasa au Canada en passant par la Belgique.
(Coll. Poètes des cinq continents, 9.50 €, 104p) *ISBN 2-7475-2594-5*

PLUS BAS, L'INERTE
Sébastien HOËT
Dans la première partie du recueil (*l'Inerte),* l'auteur a tenté de se livrer à cette extrême passivité, ce sommeil lent, qui usent toute chose et tout être. La seconde partie (*Plus Bas*), moins lyrique, essaie de contenir cette usure dans l'intimité (le désir, la peur, le souvenir) d'une ou deux personne(s) enfermée(s) dans la maison où passe en silence un être ancien. Le suivre demande de descendre sans cesse : pour voir celui qui dort, les yeux grands ouverts sur nous. A ce moment, nous sommes vraiment *nus*.
(Coll Poètes des Cinq Continents, 9.15€, 92p) *ISBN 2-7475-2626-7*

POÈMES EN LIBERTÉ
Walid AMRI
Ce recueil se veut un regroupement de mots livrés à leur liberté d'être. La Méditerranée y est pour beaucoup, l'olivier et le croissant aussi, mais c'est du Sud infatigable, de sa pauvreté, de sa lumière, de sa chair rugueuse, et de ses autochtones étranges que jaillit ce texte. Comme pour nous rappeler que dans la poésie il y a « peau », et que même celle des mots est souvent de couleur.
(Coll. Poètes des cinq continents, 14€, 152p) *ISBN 2-7475-2687-9*

LA TENTATION DE LA LUMIÈRE
Suivie de Fragments de voyage et Fragments de dehors
Kamal Ben HAMEDA
« Voyage entre clarté et lumière, entre frémissements et silences. Une quête où commence l'exil et qui suit ce qu'il y a d'indicible dans le chemin. Deuil du moi pour l'ouvrir à toutes les contrées des fonds de l'invisible... » Durant la nuit de l'âme, le voyageur ne s'égare jamais, son cœur se fait l'héritier des étoiles.
(Coll. Poètes des Cinq Continents, 9€, 48p)

DU CÔTÉ DU CONGO
Ngolo mu NTANGA
« Du côté du Congo » prête sa voix à ce Congo, meurtri depuis l'indépendance par les rapaces de l'intérieur, les rapaces d'en face et les rapaces d'outre-mer. Douleur, angoisse et volte s'y mêlent pour dénoncer l'absurdité de la guerre, le mensonge des protagonistes et le patriotisme en berne de beaucoup de Congolais. Un recueil de poèmes qui, en filigrane, s'inscrit en faux contre tous « les démons en mal de déité », les « fous de la guerre », quel qu'en soit le pays.
(Coll. Poètes des cinq continents, 9,50€, 60p) *ISBN 2-7475-3326-3*

CHAQUE JOUR L'ESPÉRANCE
Tanella BONI
Préface de Souleymane Bachir DIAGNE
« Défendre la vie contre la mort ambiante, voilà tout le propos de Tanella Boni. Dire pour chaque jour l'espérance qu'il porte. Car écrire contre l'horreur n'est pas poursuivre indéfiniment la tentative de dire le désastre innommable. C'est chanter la force de vivre et d'espérer. Cette manière de voir est celle de Tanella Boni, poète et philosophe qui, à la négation qu'est le refus de la mort, préfère l'affirmation de la force de vivre et d'aimer . »
(Coll. Poètes des cinq continents, 13,75€, 160p) *ISBN 2-7475-1803-5*

CHANTS DE BRUME
Kama Sywor KAMANDA
« L'Afrique rêvée et l'Afrique réelle se côtoient constamment dans le livre de Kama Sywor Kamanda, « Chants de brume ». En lui, ses racines. En lui, son sentiment profond d'être chantre. Et à travers un lyrisme très large qui balaie les pages, ce poète avoue sa liberté, son identité, celle d'un homme noir qui sent vivre en lui ses sœurs et ses frères noirs. Il s'agit donc avant tout d'une exaltation de son peuple, de ses fièvres, de ses drames, de ses joies. Chant souterrain qui psalmodie, chant aérien qui troue l'air et qui appelle l'air des autres continents. » Jacques Izoard.
(Coll. Poètes des cinq continents, 15€, 180p) *ISBN 2-7475-2493-0*

LE SANG DES SOLITUDES
Kama Sywor KAMANDA
La voix poétique, forte et lyrique de Kama Sywor Kamanda dont le chant s'organise ici ,est un chant universel, continue et comme unique. Chant multimillénaire qui a pris naissance à cette époque reculée où, au cœur du berceau de l'humanité, dans cette

Afrique luxuriante, secrète, mystérieuse où l'homme s'est inventé une cosmogonie où siègent des dieux impavides et a rendu grâce à cet arbre magique qui relie la terre des ancêtres du cosmos.
(coll.Poètes des cinq continents, 13 €) *ISBN 2-7475-2586-4*

NOTES COMORIENNES POUR UN COMITÉ DE RIVAGES
William SOUNY
« Les îles brûlent. Promesse de jeunes épaulent dans le bleu des routes le soir quand nos enfants gouvernent l'outil lactescent des lunes. Les îles brûlent. Inguérissable et fondatrice blessure de la mer sas fin cautérisée au fer des traversées... » Ce recueil de poèmes témoigne d'un séjour de trois ans de l'aiteur à Mayotte, dans l'archipel des Comores.
(Coll Poètes des Cinq Continents, 9.50€, 64p) *ISBN 2-7475-2808-1*

LA PAROLE TESTAMENT suivi de CHIMIE
Umar Timol
Préface de Ananda DEVI
Enlever ma surface. Prière de ne pas inciser. Eviter les scalpels. Brutalement car elle m'étouffe. M'écrase. Accéder à mes embranchements, à mes égarements, à mon indicible. Accéder à cette plaque brûlante, sauvage et vaste qui s'est insérée en moi, qui glisse le long de ma cervelle, de ma colonne vertébrale, de mes tripes. Toucher et palper. Puis avoir recours à la plume et tenter de transcrire. Tout en sachant que ce geste est dérisoire. Le silence seul est l'exutoire légitime.
(Coll. Poètes des cinq continents, 82 p., 10 €) *ISBN 2-7475-4461-3*

CRÉATION I
KHLEBNIKOV Velimir
Presentation et traduction du russe par Claude FRIOUX
Relativement moins familier du lecteur européen que les autres poètes russes du XXe siècle Khlebnikov est une des figures majeures de la mouvance poétique du début du siècle dernier. Non seulement par le rôle clef qu'il joue dans la formation des théories et pratiques futuristes et formalistes, mais par tout ce qui le lie aux sensibilités symbolistes, akméistes et imaginistes.La présence du texte en russe est spécialement indispensable étant donnée l'importance propre de la langue dans la démarche poétique.
(Coll. Poètes des cinq continents, 19.50 €, 256 p.) *ISBN 2-7475-4265-3*

CRÉATIONS II
Présentation et traduction du russe par Claude FRIOUX
KHLEBNIKOV Velimir
Relativement moins familier du lecteur européen que les autres poètes russes du XXe siècle Khlebnikov, à cause de certains aspects de son oeuvre est une des figures majeure de la mouvance poétique du début du siècle dernier. Non seulement par le rôle clef qu'il joue dans la formation des théories et pratiques futuristes et formalistes, mais par tout ce qui le lie aux sensibilités symbolistes, akméistes et imaginistes. La

présence du texte en russe est spécialement indispensable étant donnée l'importance propre de la langue dans la démarche poétique.
(Coll. Poètes des cinq continents, 21.50 €, 216 p.) *ISBN 2-7475-4266-1*

LARMES CADENASSÉES
MONTESCU Cristina
Tu marches. Tu continues de marcher. C'est ton destin de le faire. Mais, un jour tu arrives à un pont tissé de mots et paroles qui s'est érigé avant toi, sans toi. Tu es nu. Seulement devant le mot tu peux te déshabiller, chercher les mains des autres, t'oublier. Ce pont s'est accompli avant toi, sans toi mais tu continues d'espérer qu'il y a encore un pont à bâtir.
(Coll. Poètes des cinq continents, 10 €, 88 p.) *ISBN 2-7475-4028-6*

DE FER ET DE SABLE
suivi de L'Etouffoir
Hommage à Jean GENET
LIBERT Zoisik
Préface de Hugo MARSAN
Les personnages de Genet, émergeant de leur sépulcre, lui ont demandé d'accueillir et de poursuivre le climat de leur aventure intérieure. Des drames, des situations sont ainsi filtrés et mis à l'épreuve de sa clairvoyance tels des joyaux avivés dans leur nuit. Un ensemble de tableaux les annoncent et forment la pâte idéale d'une révélation.
(Coll. Poètes des cinq continents, 9.50 €, 80 p.) *ISBN 2-7475-4351-X*

L'AUTRE RIVE
L'ALTRA RIVA
PIZZI Gian Carlo
Préface de G. VALETTI
Sérénité âprement conquise, celle qui chante :
"viens plus vite mort
ferme la fenêtre nuit"
Tel est le paradoxe qui permet de contempler "l'autre rive", en son au-delà même :
durer sans trahir, c'est renoncer afin de ne pas renoncer.
Lisant Pizzi, de poème en poème, s'élève, au vivant crépuscule, l'étoile seule de la fidélité (G. Valetti)
(Coll. Poètes des cinq continents, 12 €, 134 p.) *ISBN 2-7475-4535-0*

PARTAGE DE LA PAROLE
suivi de Partage de la lumière
Daniel Leduc
Daniel Leduc est un acrobate qui marche sur la corde raide du poème, le regard tourné vers l'interieur. Exercice périlleux, le moindre mot inapte ou inadéquat peut vous précipiter dans le vide. Mais Daniel Leduc connaît la forme des mots et leur manière de traverser le vide d'un horizon à l'autre sans basculer. Les mots sont sa grande passion, ils font le lien entre le geste et le silence, entre la mémoire et l'oubli, entre la rupture et la fin. (V. Khoury-Ghata)
(Coll. Poètes des cinq continents, 158 p., 13,75 €) *ISBN 2-7475-4507-5*

660915 - Juin 2016
Achevé d'imprimer par

1livre.com
du rêve à la réalité !